D1875597

KiWi 370

Über das Buch

Am Anfang war eine Detektivgeschichte. Gabriel García Márquez las sie in einer Anthologie, als er als junger Mann in den Dörfern der kolumbianischen Guajira Bücher auf Raten verkaufte. Das Buch ging verloren, aber die Geschichte eines Mannes, der von zwei Detektiven erbarmungslos durch Paris gejagt wird, ließ García Márquez nicht mehr los. García Márquez fahndete – nun selbst zum Detektiv geworden – Jahrzehnte nach der Anthologie. Er erinnerte sich auch, daß das Buch eine Erzählung von Apollinaire enthielt, deren Hauptfigur ein Seemann mit einem Papagei auf der Schulter war. Der Autor der Detektivgeschichte war Georges Simenon, wie García Márquez schließlich erfuhr, und nach manchen Umwegen bekam er auch den Text der Geschichte – von der spanischen Simenon-Verlegerin. Als Dank dafür, die Erzählung *Der Mann auf der Straße* noch einmal lesen zu können – in den 44 Jahren der Suche hatte sich die Geschichte in seiner Vorstellung verändert –, schrieb García Márquez als Auftakt der spanischen Simenon-Ausgabe *Dieselbe Geschichte, nur anders.*

Auch die Erzählung von Apollinaire *Der Matrose von Amsterdam* ist wieder aufgetaucht, auf weniger spektakuläre Weise, durch geduldiges Suchen in einer Bibliothek.

Diese amüsante Ich-Erzählung, die Gabriel García Márquez als begeisterten Leser zeigt, erscheint zusammen mit den beiden »wiedergefundenen« Geschichten – ein kriminalistischer Literaturspaß.

Die Autoren

Gabriel García Márquez, geb. 1928, erhielt 1982 den Nobelpreis für Literatur. García Márquez lebt hauptsächlich in Mexiko.

Georges Simenon, 1903–1989, der »Vater« des Kommissars Maigret, schrieb zahlreiche Erzählungen und Romane.

Guillaume Apollinaire, 1880–1918, veröffentlichte Lyrik, Prosa und Dramen und gehört zu den bedeutenden Vertretern des Surrealismus.

Gabriel García Márquez
Dieselbe Geschichte, nur anders

Georges Simenon
Der Mann auf der Straße

Guillaume Apollinaire
Der Matrose von Amsterdam

Kiepenheuer & Witsch

1. Auflage 1995

El mismo cuento distinto: © Gabriel García Márquez 1994
Aus dem Spanischen von Tom Koenigs
© 1995 by Verlag Kiepenheuer & Witsch, Köln
Der Mann auf der Straße. Aus: Georges Simenon, *Der Mann auf der Straße und andere Geschichten.* © 1980, 1994 Diogenes Verlag AG Zürich
Der Matrose von Amsterdam. Aus: Guillaume Apollinaire, *Erzketzer & Co.* © 1986 Verlag Das Wunderhorn, Heidelberg
© 1995 by Verlag Kiepenheuer & Witsch, Köln
Alle Rechte vorbehalten. Kein Teil des Werkes darf in irgendeiner Form (durch Fotografie, Mikrofilm oder ein anderes Verfahren) ohne schriftliche Genehmigung des Verlages reproduziert oder unter Verwendung elektronischer Systeme verarbeitet, vervielfältigt oder verbreitet werden.
Umschlaggestaltung Manfred Schulz, Köln
Satz Jung Satzcentrum GmbH, Lahnau
Druck und Bindearbeiten Clausen & Bosse, Leck
ISBN 3-462-02424-8

Inhalt

Gabriel García Márquez

Dieselbe Geschichte, nur anders

Aus dem Spanischen von
Tom Koenigs

Eine der Geschichten, die mich in meiner kurzen Jugend am meisten beeindruckt haben, entwickelte sich für mich zu einem Rätsel, das bis vor sechs Monaten ungelöst geblieben ist. Ich kannte weder den Titel noch wußte ich, wer sie geschrieben, noch in welcher Sprache, noch in welcher Sammlung ich sie gelesen hatte. Vierundvierzig Jahre habe ich gebraucht, um alle Einzelheiten herauszubekommen. Aber damit nicht genug: Jetzt, wo ich die Geschichte nun endlich wieder gelesen habe, finde ich sie zwar noch genauso eindrucksvoll wie in der Erinnerung, nur aus anderen Gründen.

1949, als ich die Geschichte zum ersten Mal las, hatte ich gerade meine erste Übung als Journalist unterbrochen und zog durch die Dörfer der kolumbianischen Guajira, um Lexika und technische Handbücher auf Raten zu verkaufen. Eigentlich war das nur ein Vorwand, um die Gegend kennenzulernen, in der meine Mutter geboren war und in die sie ihre Eltern dann geschickt hatten, um ihre Liebschaft mit dem Telegraphenbeamten von Aracataca zu durchkreuzen. Vor allem wollte ich die Gegend mit dem vergleichen, was ich von Kindheit an über sie hatte sagen hören, denn ich ahnte, daß dort meine Wurzeln als Schriftsteller lagen.

Es blieb mir so viel Zeit zum Lesen, daß mir die Lektüre ausging und ich in den ärmlichen Pensionen am Wege viele Stunden damit zubrachte, die Bücher zu lesen, die ich als Verkaufsmuster mit hatte: Handbücher der Chirurgie, juristische Fallsammlungen, Anleitungen zum Brückenbau und im Extremfall auch die zehn Bände der illustrierten Enzyklopädie. Außerdem traf ich immer wieder Freunde, die mir andere Bücher borgten. Ich weiß nicht mehr, wer von ihnen mir die Sammlung von Kriminalgeschichten geschenkt hatte, die ich dann fieberhaft gespannt in Victor Cohens Hotel an der Plaza Mayor von Valledupar gelesen habe. Da stieß ich auf die Geschichte.

So wie ich sie immer in Erinnerung hatte, handelte sie von einem Verdächtigen, den zwei Detektive tage- und nächtelang erbarmungslos durch die Straßen von Paris verfolgten, immer in der Hoffnung, daß er früher oder später gezwungen sein würde, nach Hause zurückzukehren, denn nur dort lagen die Beweise, die es möglich machten, ihn vor Gericht zu bringen. Wie es mir mit Kriminalgeschichten und auch im wirklichen Leben immer geht, hat sich mir auch dort nicht die Verbissenheit der Verfolger, sondern die Angst des Verfolgten tief eingeprägt.

Das Geschäft mit den Büchern auf Raten ging schlecht, und ich mußte Victor Cohen schließlich einen Schuldschein geben, um die Hotelrechnung für ein oder zwei Monate zu bezahlen. Außerdem überließ ich ihm meine Musterkollektion, die ich nun nicht mehr brauchte, sowie zwei oder drei schon ausgelesene Bücher. Darunter bestimmt auch die Sammlung von Kriminalgeschichten.

Sechs Jahre später, als ich bereits einen Namen als Reporter hatte und mein erster Roman schon erschienen war, strandete ich in Paris. Es war ein müder Herbst, und die Stadt war so, wie ihre Dichter sie beschreiben: der Himmel tief und aschgrau, auf den Straßen der Geruch von in Kohlebecken gerösteten Kastanien, an den Vordächern der Metzgereien mit Papiernelken geschmückte ganze Schweine, die letzten Ziehharmonikaklänge des vergangenen Sommers. Mitten auf dem Pont Saint-Michel ließ mich ein eisiger Windstoß ins nächste Café flüchten.

Es war ein heller, angenehmer Raum, wie bei Hemingway, mit verliebten Paaren, deren lange Küsse sich in den Spiegeln an den Wänden vervielfachten, und Kriegsveteranen, die über die Nachrichten aus Algerien wetterten. Ich setzte mich ans Fenster zur Straße und tat so, als läse ich Zeitung, in Wirklichkeit aber beobachtete ich die Lastkähne, die langsam wie schwimmende Hütten auf der Seine vorbeifuhren. Windeln neugeborener Kinder waren zum Trocknen aufgehängt, und grimmige Hunde bellten von Bord aus die Wasserspeier von Notre Dame an. Plötzlich hatte ich das deutliche Gefühl, daß mich jemand beobachtete. Ich warf einen Blick über die Schulter, und da war er.

Ein harter Mann, mit drei Tage altem Bart und gekleidet wie ein Landstreicher, der mich aus einer hinteren Ecke erbarmungslos musterte. Ich senkte den Blick auf meine Zeitung und tat so, als ob ich läse. Als ich wieder aufblickte, war der Mann immer noch da und sah mich unverwandt an. Es war falscher Alarm. Aber in dem Augenblick erlebte ich, mehr als an jenem Tag, als ich die Geschichte gelesen hatte, von neuem den Schrecken des Verfolgten. Erst da fiel mir auf, daß ich nicht einmal wußte, wie die Geschichte ausging. Ich nahm mir also vor, sie zu suchen, um sie noch einmal mit größerer Sorgfalt zu lesen.

Ich erinnerte mich, daß das Buch, in dem ich die Geschichte gelesen hatte, mindestens vierhundert Seiten stark gewesen war, aber ich hatte vergessen, wer es mir geliehen hatte und ob es wirklich unter denen war, die ich im Hotel von Victor Cohen zurückgelassen hatte. Der Band mußte, wie das meiste, was wir damals lasen, in Buenos Aires gedruckt worden sein, vielleicht bei Santiago Rueda, denn es war ein großes Format mit bequem lesbarer Schrift, wie bei diesem Verlag üblich. Nach Genre, Land und Zeit zu urteilen, mußte es eine der vielen Anthologien von Jorge Luis Borges und Adolfo Bioy Casares gewesen sein. Im übrigen konnte ich mich noch verschwommen daran erinnern, daß in demselben Buch eine Erzählung von Apollinaire stand, deren Hauptperson ein Seemann mit einem Papagei auf der Schulter war. Ich habe niemanden gefunden, der mich auf eine Spur hätte bringen können.

Das merkwürdige ist, daß ich damals schon verschiedene Bücher von Georges Simenon gelesen, sie aber nie in Verbindung mit der gesuchten Geschichte gebracht hatte. Er war als Autor schon eine Legende, wenn auch weniger wegen seiner Bücher, als wegen der Art, wie er sie schrieb, und wegen seiner rational kaum nachvollziehbaren Produktivität. Es hieß, er beende jeden Samstag ein Buch und habe mehrere im Schaufenster seines Verlages geschrieben, damit die Passanten sich von seiner meisterhaften Schreibgeschwindigkeit überzeugen konnten, und daß er in einer Yacht um die Welt reiste, um seine Produktion auf ein Buch pro Tag zu steigern.

Nicht im Paris des Algerienkrieges, sondern im blühenden Mexiko von 1965 las ich zufällig eine Geschichte und fand einen Namen, der mich aus dem Sessel fahren ließ: Maigret. Plötzlich fiel mir wie durch übernatürliche Erleuchtung mit zwölf Jahren Verspätung wieder ein, daß so der Kommissar hieß, der den Verdächtigen meiner unvergeßlichen Geschichte verfolgte. Der Autor war Georges Simenon, ohne jeden Zweifel.

Das war aber kaum ein erster Schritt, denn eine einzelne Geschichte von Simenon finden zu wollen, ohne ihren Titel zu kennen, kam einer Suche auf dem Grunde des Ozeans gleich. Ich befragte Kenner seines Werkes, unter ihnen Alvaro Mutis, der mir einmal vorgeschlagen hatte, zusammen mit zweitausend anderen Schriftstellern aus aller Welt einen Brief zu unterschreiben, in dem eine Gehaltserhöhung für Kommissar Maigret gefordert wurde. Niemand erkannte die Geschichte wieder, die ich schon wie eine gesprungene Schallplatte ständig wiederholte. Alvaro Cepeda Samudio, der es leid war, sie oft zu hören, empfahl mir schließlich:

»Schreiben Sie sie einfach selbst, denn

diese verdammte Geschichte muß es doch geben.«

Manchmal blätterte ich in Bibliotheken und Buchhandlungen Kataloge von Simenon durch, immer in der Hoffnung, die Geschichte auf umgekehrtem Wege zu finden: die Handlung über den Titel. Es war vergebens. Drei Freunde, die mich unabhängig voneinander die Geschichte hatten erzählen hören, waren sicher, sie gefunden zu haben, und schickten mir drei verschiedene Erzählungen von Simenon, denn sie fanden, sie entsprächen genau der, die ich erzählt hatte. In Wirklichkeit aber war keine so. Da stellte ich mir zum erstenmal die Frage: »War sie vielleicht gar nicht von Simenon?«

Als ich einmal in den siebziger Jahren im Frühling in einem Genfer Café auf jemanden wartete, mit dem ich verabredet war, sah ich, wie sich ein etwa siebzigjähriger Mann mit hellem Regenmantel, Filzhut und einem Regenschirm über dem Arm an einen der Nachbartische setzte. Der Kellner, der mich bediente, flüsterte mir mit unwiderstehlicher Vertraulichkeit zu:

»Das ist der Schriftsteller Simenon.«

Ich schaute über den Rand meiner Zeitung und sah ihn die seine lesen, wobei er an einer erloschenen Pfeife zog. Nach den Photos hätte ich ihn nicht wiedererkannt, denn er hatte ein Gesicht genau wie das jenes unbekannten Belgiers, das er Maigret gegeben hatte. Kurze Zeit zuvor hatte Simenon angekündigt, sich vom Schreiben zurückzuziehen, aber er schien nicht erschöpft, weder von seinem Alter noch von seinem unerschütterlichen Erfolg, den er Tropfen für Tropfen fast dreißig Jahre lang gehabt hatte. Einige Zeit dachte ich, ich wäre der Lösung meines Rätsels nie so nah gewesen, aber ich schaffte es nicht, auf ihn zu zu gehen, obwohl ich wußte, daß wir mehrere gemeinsame Freunde hatten. Später habe ich mich dann gefragt, ob er genug Zeit und Gedächtnisstärke gehabt hätte, sich seiner verstreuten Geschichten zu erinnern.

Im April des Jahres 1983 kam ich während des Musikfestivals in Valledupar in das Haus eines Freundes und fand alle Gäste im Kreis um einen alten Mann versammelt, der wie ein Artist mit einer Schönheitskönigin tanzte. Er war makellos gekleidet, ganz in weißem Leinen, mit einem Hut aus feinem

Stroh, trug eine randlose Brille und reinrassig karibische Schuhe: weiß mit schwarzen Spitzen und Fersenkappen. Es war Victor Cohen, der mit seinen dreiundneunzig Jahren besser tanzte, als ich es je in meinem Leben gesehen hatte. Als die Musik zu Ende war, kam er zu mir und händigte mir in seiner patriarchalischen Art und mit dem ihm eigenen Humor ein Zettelchen von der Größe einer Visitenkarte aus.

»Hier habe ich ein Geschenk für dich«, sagte er zu mir.

Es war der Schuldschein über neunhundert kolumbianische Pesos, die ich ihm nie bezahlt hatte. Das war das herausragende Ereignis der Feier, von dem man den Besuchern von Valledupar bis zum heutigen Tage erzählt. Ich dagegen habe Victor Cohen noch vor dem Dank für seine Großzügigkeit gefragt, ob er nach vierunddreißig Jahren zufällig noch eines der Bücher, die ich damals bei ihm zurückgelassen hatte, besäße. In seiner kleinen aber gut sortierten Bibliothek standen drei davon. Keins war das, was ich suchte.

Julio Cortázar hat mich schließlich mitten in einem biblischen Unwetter eines Nachts in Managua an den Rand des Abgrundes gebracht. Wir hatten mehrere Stunden über Geschichten von Verfolgten gesprochen, eine seiner zahlreichen Spezialitäten, als mir plötzlich Simenon einfiel. Es war unglaublich: Bevor ich noch die Geschichte ganz erzählt hatte, sagte mir Cortázar mit seiner schönen Baritonstimme und seinen langgezogenen Rrs:

»Diese Geschichte heißt ›L'homme dans la rue‹ und ist Teil einer Sammlung mit dem Titel ›Maigret et les petits cochons sans queue‹.«

Es schien mir so leicht, sie zu finden, daß ich nicht weiter nach Einzelheiten fragte. Ein großer Irrtum, denn kurze Zeit später kaufte ich auf irgendeinem Trödelmarkt eine Billigausgabe auf Spanisch, und die Geschichte, die ich suchte, war nicht darin enthalten. Statt mich um eine vertrauenswürdigere französische Ausgabe zu bemühen, nahm ich an, Cortázar, der kurze Zeit später starb, habe sich geirrt, und legte die Sache zu den Akten. Jetzt, mit der Originalausgabe in Händen, wird mir klar, daß es neun Geschichten sind, während der Raubdruck auf Spanisch nur sechs enthielt.

Ich hatte die Suche schon seit zehn Jahren aufgegeben, als mir im Frühling inmitten der Überraschungen des Wahljahres 1993 Beatriz de Moura in Barcelona von ihrem gigantischen Projekt erzählte, das Gesamtwerk von Simenon erstmalig auf Spanisch in zweihundertvierzehn Bänden herauszugeben, beginnend mit diesem Jahr und im dritten Jahrtausend endend. Ich hörte ihr mit solcher Begeisterung zu, daß sie mir vorschlug, ein Vorwort zu schreiben. Heute weiß ich, daß sie das nur aus Spaß gesagt hatte und sicher war, ich würde nein sagen. Aber meine Antwort war ernst gemeint. »Ich schreibe es dir«, sagte ich zu ihr, »wenn du mir eine Geschichte von Simenon besorgst, die ›L'homme dans la rue‹ heißt.«

Das war um elf Uhr nachts, und wir hatten gerade im La Balsa, dem Restaurant von Toni López auf den Höhen von Bonanova, gegessen. Am nächsten Morgen um neun hatte ich das Exemplar. Das Rätsel, das endlos schien, war gelöst: Es war, wie Cortázar gesagt hatte, eine der neun Geschichten aus »Maigret et les petits cochons sans queue«.

Ich habe sie sofort gelesen, stehend, auf dem Fleck, da, wo ich sie im Haus in Empfang genommen hatte. Auf der dritten Seite stand, ganz nach Art von Simenon, die Zusammenfassung des Dramas in einem Satz und in einem Atemzug:

»Und so begann quer durch Paris eine Verfolgungsjagd, die fünf Tage und fünf Nächte dauern sollte: ein einzelner Mann auf der einen Seite, Maigret mit seinen Inspektoren auf der anderen, sie lösten sich ab, waren aber am Ende genauso erschöpft wie der, den sie verfolgten.«

Da hatte ich sie nun endlich, die verlorene Geschichte. Trotzdem enthielt das Rätsel so vieler Jahre ein anderes, größeres Rätsel, denn die Geschichte war zwar wirklich dieselbe, aber sie war nicht so, wie ich sie in Erinnerung hatte. Erstens, weil sie nicht aus der Sicht des Verfolgten erzählt war, wie ich geglaubt hatte, sondern aus der Sicht von Maigret, dem Verfolger, und das veränderte die Reihenfolge der Anteilnahme. Zweitens, weil sich die kriminalistische Verwicklung nicht so einfach auflöste, wie ich in Erinnerung hatte, sondern ganz wie in der großen Literatur: mit einem Liebesopfer. Ein Beweis mehr, wie das Leben den Kern einer Geschichte und unsere Art zu lieben verändern kann, nur um die mitfühlende Leichtfertigkeit des Gedächtnisses Lügen zu strafen und zu korrigieren. Schon deshalb hat es sich gelohnt, eine Geschichte fast ein halbes Jahrhundert verloren zu haben.

Cartagena de Indias, 1993

Georges Simenon

Der Mann auf der Straße

Aus dem Französischen von
Linde Birk

Die vier Männer saßen dicht aneinandergedrängt im Taxi. Es war eiskalt in Paris, und in dem fahlen Licht früh um halb acht trieb der Wind eisigen Staub über den Boden.

Dem Magersten von ihnen, der auf dem Notsitz saß, klebte eine Zigarette an der Unterlippe, seine Hände waren gefesselt. Der Korpulenteste, einer mit kräftigen Kinnbakken, trug einen Wintermantel und hatte eine Melone auf; er rauchte Pfeife, während er auf die vor seinen Augen vorüberziehenden Gitterzäune des Bois de Boulogne hinaussah.

»Soll ich Ihnen vielleicht eine schöne Nummer hinlegen?« fragte der Mann mit den Handschellen freundlich. »Mich auf dem Boden winden, um mich schlagen, schimpfen und fluchen?«

»Spiel dich bloß nicht zu sehr auf!« brummte Maigret, nahm ihm die Zigarette aus dem Mund und stieß die Wagentür auf. Sie waren an der Porte de Bagatelle angekommen.

Die Wege im Bois waren menschenleer, weiß und hart wie Quadersteine. An der Abzweigung eines Reitwegs warteten zehn Leute, die wegen der Kälte die Füße aneinanderschlugen. Ein Fotograf wollte sich auf die näherkommende Gruppe stürzen, aber P'tit Louis hob, wie man ihm geraten hatte, die Arme vors Gesicht.

Maigret drehte wie ein Bär mürrisch den Kopf hin und her und beobachtete alles, die neuen Häuser am Boulevard Richard-Wallace mit den noch geschlossenen Fensterläden, ein paar Arbeiter auf dem Fahrrad, die von Puteaux kamen, eine beleuchtete Straßenbahn, zwei Concierges mit blaugefrorenen Händen.

»Alles bereit?« fragte er.

Am Vortag hatte er folgende Nachricht in die Zeitungen setzen lassen:

Das Verbrechen von Bagatelle

Die Polizei hat diesmal nicht lange gebraucht, um einen Fall aufzuklären, der zunächst un-

lösbar schien. Bekanntlich hat ein Wächter Montag früh in einer Allee des Bois de Boulogne etwa hundert Meter von der Porte de Bagatelle entfernt eine Leiche entdeckt, die sofort identifiziert werden konnte.

Es handelt sich um Ernst Borms, einen bekannten Wiener Arzt, der sich vor mehreren Jahren in Neuilly niedergelassen hat. Borms trug Gesellschaftskleidung. Er ist vermutlich Sonntag nacht auf dem Heimweg in seine Wohnung am Boulevard Richard-Wallace überfallen worden.

Ein Schuß aus nächster Nähe mit einem kleinkalibrigen Revolver traf ihn mitten ins Herz.

Der noch junge, gutaussehende, sehr elegante Borms galt als Lebemann.

Knapp achtundvierzig Stunden nach dem Mord hat die Kriminalpolizei eine Verhaftung vorgenommen. Der Lokaltermin ist für morgen früh zwischen sieben und acht Uhr angesetzt.

Am Quai des Orfèvres zitierte man diesen Fall später gern als besonders typisch für Maigrets Vorgehen; aber wenn man ihn darauf ansprach, hatte er so eine merkwürdige Art, brummend den Kopf abzuwenden.

Also los! Alles war bereit. Fast keine Gaffer, wie vorgesehen. Schließlich hatte er nicht umsonst die frühe Morgenstunde anberaumt. Unter den zehn, fünfzehn Leuten, die hier herumstanden, waren auch ein paar Inspektoren, die ihre unschuldigste Miene aufgesetzt hatten. Einer von ihnen, Torrence, verkleidete sich fürs Leben gern und war als Milchmann gekommen. Sein Chef quittierte es mit einem Achselzucken.

Hauptsache, P'etit Louis übertrieb nicht! ... Ein alter Kunde, der am Vortag wegen Taschendiebstahls in der Metro festgenommen worden war.

»Du könntest uns morgen früh einen kleinen Dienst erweisen. Dann wollen wir sehen, daß du diesmal etwas billiger davonkommst.«

Man hatte ihn aus der Zelle geholt.

»Also los!« brummte Maigret. »Als du Schritte hörtest, warst du an dieser Ecke hier versteckt, oder?«

»Genau, Herr Kommissar... Ich hatte einen Mordshunger, verstehen Sie... Völlig abgebrannt! ... Da habe ich mir gesagt, ein Kerl, der so rausgeputzt herumläuft, hat bestimmt eine volle Brieftasche. ›Geld oder Leben‹, habe ich ihm ins Ohr geflüstert ... Und ich schwöre Ihnen, es war nicht meine Schuld, daß der Schuß losging ... Ich glaube, ich bin einfach wegen der Kälte mit dem Finger an den Abzug geraten ...«

Elf Uhr früh. Maigret wanderte in seinem Büro am Quai des Orfèvres auf und ab, rauchte eine Pfeife nach der andern und fingerte dauernd am Telefon herum.

»Hallo! Sind Sie's, Chef? ... Lucas hier ... Ich bin dem Alten nach, der sich so für den Lokaltermin zu interessieren schien ... Aber da ist nichts ... Das ist ein Spinner, der jeden Morgen im Bois seine Runden dreht ...«

»Gut! Dann komm zurück ...«

Viertel nach elf.

»Hallo, Chef? ... Torrence! ... Ich bin dem jungen Mann gefolgt, auf den Sie mich durch ein Zwinkern aufmerksam gemacht haben ... Der nimmt an jedem Detektivwettbewerb teil ... Verkäufer in einem Geschäft an den Champs-Elysées... Soll ich zurückkommen?«

Erst fünf vor zwölf dann ein Anruf von Janvier.

»Ganz schnell, Chef... Ich habe Angst, daß mir der Vogel wegfliegt... Ich beobachte ihn durch die Scheibe der Telefonkabine... Bin in der Bar ›Nain Jaune‹ am Boulevard Rochechouart... Ja... Er hat mich bemerkt... Ein ruhiges Gewissen hat er nicht... Als er über die Seine ging, hat er was in den Fluß geworfen... X-mal hat er versucht, mich abzuhängen... Soll ich auf Sie warten?«

Und so begann quer durch Paris, an eiligen, ahnungslosen Passanten vorüber, von Bar zu Bar, von Kneipe zu Kneipe eine Verfolgungsjagd, die fünf Tage und fünf Nächte dauern sollte: ein einzelner Mann auf der einen Seite, Maigret mit seinen Inspektoren auf der anderen, sie lösten sich ab, waren aber am Ende genauso erschöpft wie der, den sie verfolgten.

Gerade recht zum Aperitif stieg Maigret vor dem ›Nain Jaune‹ aus dem Taxi und traf Janvier am Tresen an. Er tat gar nicht erst harmlos. Im Gegenteil!

»Welcher ist es?«

Der Inspektor wies mit einer Kinnbewegung auf einen Mann, der in einer Ecke an einem kleinen Tisch saß. Der Mann sah sie mit seinen hellen Pupillen an, ihre blaugraue Farbe verlieh seiner Physiognomie etwas Fremdländisches. Ein Nordländer? Ein Slawe? Wohl eher ein Slawe. Er trug einen grauen Mantel, einen gut geschnittenen Anzug und einen weichen Filzhut.

Etwa fünfunddreißig Jahre alt, soweit man das beurteilen konnte. Er war blaß und frisch rasiert.

»Was trinken Sie, Chef? Einen heißen Picon?«

»Gut, einen heißen Picon ... Was trinkt denn er?«

»Cognac ... Das ist schon der fünfte seit heute morgen. Langsam habe ich auch schon einen in der Krone, ich mußte ihm ja in alle Kneipen nach ... Der ist ganz schön hart im Nehmen ... Schauen Sie ihn an ... So geht das schon den ganzen Morgen ... Der würde doch nicht um alles in der Welt den Blick senken.«

Das stimmte. Und es war seltsam. Arroganz konnte man das nicht nennen, auch nicht Herausforderung. Der Mann sah sie ganz einfach an. Wenn er beunruhigt war, so ließ er es sich nicht anmerken. Sein Gesicht drückte eher Trauer aus, aber diese Trauer war verhalten, gemessen.

»Als er an der Bagatelle merkte, daß Sie ihn beobachteten, hat er sich gleich entfernt, und ich bin hinter ihm her. Nach kaum hundert Metern drehte er sich um. Und statt den Bois zu verlassen, wie er es wohl ursprünglich vorhatte, schlug er mit Riesenschritten den erstbesten Parkweg ein. Drehte sich wieder um. Er hat mich erkannt und sich trotz der Kälte auf eine Bank gesetzt. Da bin ich stehengeblieben ... Mehrmals hatte ich den Eindruck, daß er mich ansprechen wollte, aber schließlich ist er achselzuckend weitergegangen ...

An der Porte Dauphine hätte ich ihn fast aus den Augen verloren, denn er sprang in ein Taxi, und es war reiner Zufall, daß ich auch gleich eines bekam. An der Place de l'Opéra stieg er aus und lief die Treppe zur Metro hinunter ... Fünfmal stieg er um, ich immer hinterher, und da hat er wohl langsam gemerkt, daß er mich so nicht abschütteln würde ...

Wir gingen wieder hoch. Das war an der Place Clichy. Seither ziehen wir von Bar zu Bar ... Ich habe abgewartet, bis wir in ein passendes Lokal mit Telefonkabine kamen, von wo ich ihn im Auge behalten konnte. Als er mich anrufen sah, hat er bitter aufgelacht ... Kaum zu glauben, aber seither scheint er auf Sie gewartet zu haben ...«

»Ruf mal im Büro an ... Lucas und Torrence sollen sich bereit halten und sofort kommen, wenn ich sie rufe ... Ich brauche auch einen Fotografen vom Erkennungsdienst mit einem sehr kleinen Apparat ...«

»Herr Ober!« rief der Unbekannte. »Wieviel schulde ich?«

»Drei fünfzig ...«

»Ich wette, der ist Pole ...«, raunte Maigret Janvier zu. »Los, gehn wir ...«

Sie kamen nicht weit. An der Place Blanche betraten sie hinter dem Mann ein kleines Restaurant und setzten sich an den Nebentisch. Es war ein italienisches Lokal, so aßen sie Nudeln.

Um drei Uhr löste Lucas Janvier ab, der sich mit Maigret in einer Brasserie gegenüber der Gare du Nord aufhielt.

»Der Fotograf?« fragte Maigret.

»Er wartet draußen, um ihn da abzufangen...«

Als der Pole dann, nachdem er die Zeitungen gelesen hatte, das Lokal verließ, stürzte tatsächlich ein Inspektor auf ihn zu und machte aus einem Abstand von knapp einem Meter einen Schnappschuß. Der Mann hielt schnell die Hand vors Gesicht, aber es war schon zu spät. Er warf Maigret einen vorwurfsvollen Blick zu, womit er bewies, daß er genau verstanden hatte.

»Mein lieber Mann, du hast jedenfalls gute Gründe, uns von deiner Wohnung fernzuhalten«, sagte der Kommissar vor sich hin. »Aber bitte, wenn das hier ein Geduldsspiel werden soll, ich bin bereit...«

Am Abend tanzten ein paar Schneeflokken in der Luft, während der Unbekannte mit den Händen in den Taschen durch die Straßen zog, bis es Zeit zum Schlafen war.

»Soll ich Sie heute nacht ablösen, Chef?« fragte Lucas.

»Nein! Kümmere dich lieber um das Foto. Such zuerst in der Kartei. Frag dann in Ausländerkreisen. Dieser Knabe hier kennt sich in Paris aus. Der ist nicht erst seit gestern hier... Irgend jemand muß ihn kennen...«

»Sollen wir sein Bild in die Zeitungen setzen?«

Maigret hatte nur einen verachtungsvollen Blick für seinen Untergebenen übrig. Hatte denn Lucas, der schon so viele Jahre mit ihm zusammenarbeitete, gar nichts begriffen? Besaß die Polizei auch nur ein Indiz? Nichts! Keine einzige Zeugenaussage! Ein Mann wird nachts im Bois de Boulogne umgebracht. Man findet keine Waffe. Keine Spuren. Dr. Borms lebte allein, seine einzige Hausangestellte weiß nicht, wohin er am Vorabend gegangen ist.

»Tu, was ich dir gesagt habe! Los...«

Um Mitternacht entschließt sich der Mann endlich, ein Hotel zu betreten. Maigret betritt es hinter ihm. Es ist ein zweitklassiges, ja drittklassiges Hotel.

»Geben Sie mir ein Zimmer...«

»Füllen Sie bitte den Meldezettel aus?«

Zögernd, mit vor Kälte steifen Fingern, füllt er ihn aus und mißt Maigret mit einem Blick, als wollte er sagen:

»Glauben Sie bloß nicht, daß mich das in

Verlegenheit bringt! ... Ich kann ja schreiben, was ich will ...«

Und tatsächlich hat er den erstbesten Namen eingetragen, Nicolas Slaatkovitch, wohnhaft in Krakau, in Paris seit dem Vortag.

Das stimmt natürlich nicht. Maigret ruft bei der Kriminalpolizei an. Man durchsucht die Meldezettel der möblierten Zimmer, die Ausländerkarteien, alarmiert die Grenzpolizei. Nirgends ein Nicolas Slaatkovitch.

»Möchten Sie auch ein Zimmer?« fragt der Hotelbesitzer mit schiefem Gesicht, denn er hat den Polizisten gewittert.

»Danke. Ich werde die Nacht auf der Treppe verbringen ...«

Das ist sicherer. Er setzt sich vor Zimmer 7 auf eine Stufe. Zweimal geht die Tür auf. Der Mann sieht forschend in die Dunkelheit, entdeckt Maigrets Gestalt und legt sich schließlich schlafen. Am Morgen ist sein Bart nachgewachsen, seine Wangen sind stoppelig. Er hat keine frische Wäsche anziehen können. Er hat nicht einmal einen Kamm, seine Haare sind wirr.

Lucas ist gerade angekommen.

»Soll ich weitermachen, Chef?«

Maigret kann sich nicht entschließen, sich von seinem Unbekannten zu trennen. Er hat beobachtet, wie der sein Zimmer bezahlt hat. Er hat gesehen, wie der Mann blaß wurde. Und er ahnt etwas.

Und tatsächlich zählt der Mann schon kurz darauf in einer Bar, in der sie sozusagen Seite an Seite Milchkaffee trinken und Hörnchen essen, ganz unverhohlen seine Barschaft. Ein Hundert-Franc-Schein, zwei Zwanzigermünzen, ein Zehner und noch etwas Kleingeld. Seine Lippen verziehen sich zu einer bitteren Grimasse.

Nun, damit wird er nicht weit kommen! In den Bois de Boulogne hatte er sich direkt von zu Hause aufgemacht, denn er war frisch rasiert, ohne ein Stäubchen oder Fältchen an der Kleidung. Er hatte wohl damit gerechnet, bald wieder heimzukehren, und nicht einmal nachgesehen, wieviel Geld er in der Tasche hatte.

Was er in die Seine geworfen hat, waren bestimmt Ausweispapiere, vielleicht auch Visitenkarten, vermutet Maigret.

Er will um jeden Preis verhindern, daß man seine Wohnung entdeckt.

Und so geht es weiter mit dem Stadtbummel des Verfolgten: Stehenbleiben vor Schaufenstern, vor Straßenverkäufern, hin und wieder eine Bar, um sich wenigstens mal hinsetzen zu können, vor allem bei der Kälte draußen. Zeitungslektüre in einer Brasserie.

Einhundertfünfzig Francs! Dafür gibt es kein Mittagessen im Restaurant mehr. Der Mann begnügt sich mit harten Eiern, die er an einem Tresen im Stehen ißt und mit einem Bock hinunterspült, während Maigret belegte Brötchen verschlingt.

Der Mann bleibt lange zaudernd vor einem Kino stehen. Seine Hand spielt mit dem Geld in der Tasche. Lieber durchhalten ... Er geht und geht ...

Richtig! Maigret ist etwas aufgefallen. Das ermüdende Herumwandern beschränkt sich immer auf die gleiche Stadtgegend; von der Trinité zur Place Clichy ... Von der Place Clichy über die Rue Caulaincourt zur Barbès ... Von der Barbès zur Gare du Nord und zur Rue La Fayette ...

Ob der Mann befürchtet, anderswo erkannt zu werden? Bestimmt hat er sich eine von seiner Wohnung oder seinem Hotel möglichst weitentfernte Gegend ausgesucht, in der er sich gewöhnlich nicht aufhält...

Verkehrt er wie viele Ausländer am Montparnasse? In der Panthéon-Gegend?

Seine Kleidung läßt auf Mittelschicht schließen. Sie ist bequem, schlicht, gut geschnitten. Wahrscheinlich Freiberufler. Ach! Einen Ehering trägt er auch! Also verheiratet!

Maigret hat sich wohl oder übel von Torrence ablösen lassen. Er geht auf einen Sprung nach Hause. Madame Maigret ist unzufrieden, weil ihre Schwester aus Orléans gekommen ist, sie extra etwas Gutes gekocht hat und ihr Mann jetzt, nachdem er sich rasiert und umgezogen hat, schon wieder geht und auch noch sagt, wann er zurückkomme, wisse er nicht.

Er schaut am Quai des Orfèvres herein.

»Hat Lucas etwas für mich hinterlassen?«

Ja! Da ist ein Zettel vom Wachtmeister. Er hat das Foto in polnischen und russischen Kreisen herumgezeigt. Der Mann ist unbekannt. Auch bei den politischen Gruppierungen. Als letzten Ausweg hat Lucas eine Menge Abzüge von dem berühmten Foto machen lassen. In allen Stadtteilen ziehen Polizisten von Tür zu Tür, von Concierge zu Concierge und halten das Beweisstück Gastwirten und Kellnern unter die Nase.

»Hallo! Kommissar Maigret! Ich bin Platzanweiserin im Ciné-Actualités am Boulevard de Strasbourg... Da ist ein Herr... Monsieur Torrence... Er hat mich gebeten, Sie anzurufen und Ihnen zu sagen, daß er hier ist, aber nicht wagt, aus dem Saal zu gehen...«

Nicht dumm, der Mann! Er hat sich ausgerechnet, daß dies der beste geheizte Ort war, an dem er billig ein paar Stunden verbringen konnte... Eintritt zwei Franc... Und man darf sich mehrere Vorstellungen ansehen!...

Zwischen Verfolger und Verfolgtem, zwischen dem Mann, dessen Bart immer länger, dessen Kleider immer zerknitterter werden, und Maigret, der seine Beute keinen Augenblick losläßt, hat sich eine merkwürdige Vertrautheit entwickelt. Es gibt sogar eine komische Gemeinsamkeit. Beide haben einen Schnupfen bekommen. Beide haben eine gerötete Nase und ziehen fast im Takt das Taschentuch heraus. Einmal mußte der Mann sogar unwillkürlich lächeln, als Maigret einen Niesanfall hatte.

Nachdem er sich die Wochenschau fünfmal hintereinander angesehen hat, geht er in ein mieses Hotel am Boulevard de la Chapelle und trägt sich wieder mit demselben Namen ein. Und Maigret setzt sich wieder auf die Treppe. Aber da dies ein Stundenhotel ist, wird er alle zehn Minuten von Paaren gestört, die ihn neugierig ansehen, wobei sein Anblick die Frauen nicht gerade beruhigt.

Ob der Mann, wenn er am Ende seiner Kraft oder seiner Nerven ist, endlich nach Hause geht? Maigret hat in einer Brasserie, wo der Mann ziemlich lange saß und seinen grauen Mantel abgelegt hatte, nicht gezögert, das Kleidungsstück in die Hand zu nehmen und die Innenseite des Kragens zu betrachten. Der Mantel stammt aus dem *Old England* am Boulevard des Italiens. Konfektionsware, von der Firma gewiß zigmal verkauft. Aber immerhin ein Hinweis. Ein Modell vom letzten Winter. Also hält sich der Unbekannte seit mindestens einem Jahr in Paris auf. Und in diesem Jahr muß er doch irgendwo untergekrochen sein ...

Maigret trinkt jetzt Grogs, um seinen Schnupfen zu bekämpfen. Der andere gibt sein Geld nur noch sparsam aus. Er trinkt Kaffee, nicht einmal mehr mit Schuß, und ernährt sich von harten Eiern und Hörnchen.

Aus dem Büro stets die gleiche Nachricht: nichts Neues! Keiner erkennt den Polen auf dem Foto. Niemand wird als vermißt gemeldet.

Auch über den Toten nichts. Er hatte eine große Praxis, viel Geld verdient, sich nicht um Politik gekümmert, ging viel aus und behandelte als Nervenspezialist vor allem Frauen.

Wie lange dauert es, bis bei einem wohlerzogenen, gepflegten, gut gekleideten Mann der Lack abgeht, wenn er auf der Straße sitzt? Auf diese Frage hatte Maigret bisher keine Antwort gefunden.

Vier Tage! Jetzt wußte er es. Vor allem der Bart. Am ersten Morgen wirkte der Mann wie ein Anwalt oder ein Arzt, ein Architekt oder Industrieller, bei dem man sich vorstellen konnte, daß er aus einer behaglichen Wohnung kam. Der Vier-Tage-Bart hatte ihn so verändert, daß viele Leute, wenn man ihn in Zusammenhang mit dem Fall im Bois de Boulogne so in den Zeitungen abgebildet hätte, gesagt hätten:

»Dem sieht man den Mörder doch an!«

Kälte und Übermüdung hatten seine Lider gerötet, und sein Gesicht war vom Schnupfen ganz verquollen. Seine Schuhe, die nicht mehr geputzt waren, wirkten unförmig. Sein Mantel hing an ihm herunter, und seine Hose war an den Knien ausgebeult.

Sogar der Gang... Er ging nicht mehr wie früher... Er schlich an den Hauswänden entlang... Er senkte den Blick, wenn Passanten ihn ansahen... Und noch etwas: Er wandte den Blick ab, wenn er an einem Restaurant vorbeiging, in dem Gäste an reichgedeckten Tischen saßen...

»Noch zwanzig Franc, mein Lieber!« rechnete sich Maigret aus. Und dann?...

Lucas, Torrence, Janvier wollten ihn ablösen, doch er ließ es nur selten zu. Er sauste an den Quai des Orfèvres, ging zu seinem Chef.

»Sie sollten sich mal ausruhen, Maigret...«

Maigret war gehässig, reizbar, von den widersprüchlichsten Gefühlen hin und her gerissen.

»Soll ich nun den Mörder finden oder nicht?«

»Natürlich...«

»Also dann los!« seufzte er mit einem Unterton von Groll in der Stimme. »Bin ja gespannt, wo wir heute nacht schlafen...«

Nur noch zwanzig Franc! Oder noch weniger! Als er bei Torrence eintraf, erklärte ihm dieser, daß der Mann in einer Bar Ecke Rue Montmartre drei harte Eier gegessen und zwei Kaffee mit Schuß getrunken habe.

»Acht Franc fünfzig... Bleiben ihm noch elf Franc fünfzig...«

Er bewunderte ihn. Statt sich zu verstekken, ging der Mann vor ihm her, manchmal sogar neben ihm, so daß er sich beherrschen mußte, ihn nicht einfach anzusprechen:

»He, alter Freund! ... Meinen Sie nicht auch, es wäre an der Zeit, zum Essen zu gehen... Da wartet doch irgendwo eine geheizte Wohnung auf Sie, ein Bett, Pantoffeln, ein Rasierapparat ... Oder? ... Und ein gutes Abendessen ...«

Aber nein! Der Mann, der nicht mehr wußte, wohin er noch sollte, trieb sich unter den Bogenlampen der Hallen, zwischen den Kohl- und Karottenbergen herum und wich aus, wenn er das Pfeifen des Zuges hörte oder die Lastwagen der Gemüsegärtner vorüberfuhren.

»Für ein Zimmer hast du kein Geld mehr!«

Das Wetteramt registrierte an jenem Abend acht Grad unter Null. Der Mann leistete sich heiße Würste, die eine Verkäuferin im vollen Wind briet. Nun würde er die ganze Nacht nach Knoblauch und Fettdunst stinken.

Einmal versuchte er, sich in einen Stand zu schleichen und sich in einer Ecke auszustrecken. Ein Polizist, den Maigret nicht schnell genug einweihen konnte, verjagte ihn. Jetzt hinkte er. Die Quais. Der Pont des Arts. Er sollte sich nur nicht einfallen lassen, in die Seine zu springen! Ihm auch noch in das schwarze Wasser zu folgen, wo schon Eisschollen trieben, würde Maigret dann doch nicht wagen.

Er ging den Treidelquai entlang. Einige Clochards schimpften. Die guten Plätze unter den Brücken waren belegt.

In einer kleinen Straße bei der Place Maubert sah man durch die Scheiben einer merkwürdigen Kneipe ein paar Alte, die mit dem Kopf auf dem Tisch schliefen. Für zwanzig Sou, ein Glas Rotwein inbegriffen! Der Mann sah ihn in der Dunkelheit an. Er machte eine gottergebene Geste und stieß die Tür auf. Maigret schlug ein ekelerregender Geruch entgegen. Da blieb er lieber draußen. Er winkte einen Polizisten herbei und stellte ihn auf dem Gehsteig auf, dann rief er Lucas an, der diese Nacht Dienst hatte.

»Wir suchen Sie schon eine Stunde, Chef. Wir haben ihn! Über eine Concierge ... Der Kerl heißt Stephan Strevzki, Architekt, 34 Jahre alt, geboren in Warschau, seit drei Jahren in Frankreich ... Er arbeitet bei einem Innenarchitekten am Faubourg Saint-Honoré ... Verheiratet mit einer Ungarin namens Dora, blendende Erscheinung ... Wohnhaft in Passy, Rue de la Pompe, Miete zwölftausend Franc ... Keine Politik ... Die Concierge hat das Opfer noch nie gesehen ...

Stephan ist Montag früher los als gewöhnlich ... Sie hat sich gewundert, daß er nicht zurückkam, sich aber nicht weiter beunruhigt, da ...«

»Wieviel Uhr ist es?«

»Halb vier ... Ich bin allein hier ... Habe Bier bringen lassen, aber es ist sehr kalt ...«

»Hör mal, Lucas ... Mach doch ... Ja, ich weiß! Für die Morgenausgaben ist es zu spät ... Dann eben abends ... Verstanden?«

An jenem Morgen haftete den Kleidern des Mannes ein dumpfer Elendsgeruch an. Seine Augen lagen tief in den Höhlen. Der Blick, den er Maigret an dem fahlen Morgen zuwarf, war erschütternd vorwurfsvoll.

Hatte man ihn nicht Schritt für Schritt, aber doch schwindelerregend schnell an den Rand des Ruins gebracht? Er schlug seinen Mantelkragen hoch und verließ die Gegend nicht mehr. Als ein Bistro aufmachte, stürzte er hinein und trank hintereinander vier Schnäpse, wie um den gräßlichen Nachgeschmack, den diese Nacht in seiner Kehle und in seinem Innern hinterlassen hatte, hinunterzuspülen.

Egal! So hatte er eben nichts mehr! Das einzige, was ihm noch blieb, war, auf den eisglatten Straßen immer weiterzugehen. Er mußte sich wie gerädert fühlen. Er hinkte mit dem linken Bein. Von Zeit zu Zeit blieb er stehen und sah sich verzweifelt um.

Da er kein Café mehr betrat, wo es ein Telefon gegeben hätte, konnte Maigret sich nicht mehr ablösen lassen. Wieder die Quais! Und diese mechanische Geste, mit der der Mann in den antiquarischen Büchern stöberte und blätterte, sich manchmal der Echtheit eines Stiches oder Holzschnitts vergewisserte! Eisiger Wind fegte über die Seine. Vor den fahrenden Lastkähnen klirrte es im Wasser, weil winzige Eispailletten aneinanderstießen.

In der Ferne sah Maigret den Quai des Orfèvres, das Fenster seines Büros. Seine Schwägerin war gewiß wieder nach Orléans abgefahren. Hauptsache, Lucas ...

Er wußte noch nicht, daß diese peinigende Ermittlung ein Klassiker würde, den Generationen von Inspektoren immer wieder in allen Einzelheiten repetieren würden. Seltsamerweise beeindruckte ihn nun ein winziges Detail am meisten: Der Mann hatte einen Pickel auf der Stirn, einen Pickel, der genauer betrachtet wohl ein Furunkel war, das sich schon von Rot in Violett verfärbte.

Hauptsache, Lucas ...

Um zwölf ging der Mann, der sich in seinem Paris entschieden gut auskannte, zur Volksküche ganz unten am Boulevard Saint-Germain. Er stellte sich in der Reihe der Hungerleider an. Ein Alter sprach ihn an, aber er reagierte nicht. Darauf redete ihn ein anderer mit einem pockennarbigen Gesicht auf russisch an.

Maigret überquerte die Straße, zögerte, betrat dann wohl oder übel ein Bistro, um belegte Brötchen zu essen. Dabei drehte er sich aber halb um, damit ihn der andere nicht durch die Scheibe beim Essen sehen konnte.

Die armen Teufel rückten langsam vor, um dann zu viert oder sechst den Raum zu betreten, wo man ihnen einen Teller heiße Suppe vorsetzte. Die Schlange wurde länger. Hin und wieder schob jemand von hinten, und einige protestierten.

Ein Uhr... Der Junge tauchte ganz am

Ende der Straße auf ... Er stürmte mit vornübergeneigtem Oberkörper heran ...

»Kauft *L'Intran ... L'Intran* ...«

Auch er versuchte, schneller zu sein als die andern. Er sah schon von weitem, wer ihm eine Zeitung abkaufen würde. Die Schlange der Bettler beachtete er nicht.

»Kauft ...«

Der Mann hob demütig die Hand und machte:

»Psssttt! ...«

Die anderen sahen ihn an. Also hatte der noch ein paar Sous, um sich eine Zeitung zu kaufen?

Auch Maigret rief den Zeitungsjungen, entfaltete das Blatt und fand zu seiner Erleichterung auf der ersten Seite, was er suchte, das Foto einer jungen, schönen, lächelnden Frau.

Junge Frau vermißt

Seit vier Tagen wird die junge Polin Dora Strevzki vermißt, die nicht mehr in ihre Wohnung in Passy, Rue de la Pompe 17, zurückgekehrt ist ...

Besonders besorgniserregend ist, daß auch der Ehemann der Vermißten, Stephan

Strevzki, am Vortag, das heißt Montag, aus seiner Wohnung verschwunden ist, und die Concierge, die die Polizei gerufen hat, erklärt ...

Der Mann hatte in der Schlange, die ihn zu einem Teller heißer Suppe führte, nur noch fünf oder sechs Meter zu überwinden, aber er trat jetzt aus der Reihe, überquerte die Straße, wobei er fast von einem Bus erfaßt worden wäre, und erreichte den Gehsteig genau an der Stelle, an der Maigret stand.

»Verfügen Sie über mich!« sagte er nur. »Führen Sie mich ab ... Ich werde alle Ihre Fragen beantworten ...«

Alle warteten im Gang der Kriminalpolizei, Lucas, Janvier, Torrence und auch noch andere, die nichts mit dem Fall zu tun hatten, aber genau im Bild waren. Als Maigret an Lucas vorüberging, bedeutete ihm dieser mit einer Handbewegung: »Geschafft!«

Eine Tür geht auf und zu. Bier und belegte Brötchen auf dem Tisch.

»Essen Sie erst mal einen Happen ...«

Unbehagen. Die Bissen wollen nicht hinunter. Dann sagt der Mann endlich:

»Da sie weg ist und irgendwo in Sicherheit ...«

Maigret fühlte sich gedrängt, im Ofen herumzustochern.

»Als ich den Bericht über den Mord in der Zeitung las ... Ich hatte Dora schon lange im Verdacht, daß sie mich mit diesem Mann betrügt ... Ich wußte auch, daß sie nicht seine einzige Geliebte war ... Ich kenne Dora und ihr Temperament ... Verstehen Sie? ... Wenn er Schluß machen wollte, war sie zu allem fähig ... Sie trug auch immer einen Revolver mit Perlmuttgriff in der Tasche ... Als die Zeitungen über die Verhaftung des Mörders und den Lokaltermin schrieben, wollte ich sehen ...«

Maigret hätte am liebsten wie ein englischer Polizist zu ihm gesagt:

»Ich mache Sie darauf aufmerksam, daß alle Ihre Aussagen gegen Sie verwendet werden können ...«

Er hatte seinen Mantel noch nicht ausgezogen und den Hut noch auf dem Kopf.

»Jetzt, da sie in Sicherheit ist ... Denn ich nehme an ...«

Er sah sich ängstlich um. Ein Verdacht stieg in ihm auf.

»Sie hat wohl verstanden, als ich nicht nach Hause zurückkam ... Ich wußte ja, daß das so ausgehen würde, Borms war nicht der Richtige für sie, sie hätte es nie ertragen, daß er nur einfach mit ihr spielt, und dann wäre sie zu mir zurückgekommen ... Sonntag abend ist sie allein weggegangen, was in letzter Zeit öfters vorkam ... Sie hat ihn wohl getötet, als ...«

Maigret schneuzte sich. Er schneuzte sich lange. Ein Strahl jener grellen Wintersonne, die bei großer Kälte scheint, drang durch die Fensterscheibe. Der Pickel, das Furunkel, glänzte auf der Stirn des Mannes. Maigret nannte ihn noch immer so.

»Jawohl, Ihre Frau hat ihn getötet ... Als sie merkte, daß er sich nichts mehr aus ihr machte ... Und Sie, Sie haben verstanden, daß sie getötet hatte ... Und Sie wollten nicht ...«

Er trat plötzlich auf den Polen zu.

»Tut mir leid, mein Lieber«, murmelte er, als habe er einen alten Kameraden vor sich. »Ich mußte doch die Wahrheit aufdekken, nicht wahr? Es war meine Pflicht ...«

Er machte die Tür auf.

»Führen Sie Madame Dora Strevzki herein ... Lucas, mach du weiter, ich ...«

Zwei Tage lang ließ er sich am Quai des Orfèvres nicht blicken. Sein Chef rief ihn zu Hause an.

»Maigret, wissen Sie schon, daß sie alles gestanden hat und ... Übrigens, was macht Ihr Schnupfen ... Ich habe gehört ...«

»Nicht schlimm, Chef! Schon fast vorbei ... In vierundzwanzig Stunden ... Und er?«

»Wer, er?«

»Er!«

»Ach so, verstehe ... Er hat sich den besten Anwalt von Paris genommen ... Er hofft ... Sie wissen schon, Verbrechen aus Leidenschaft ...«

Maigret legte sich wieder ins Bett und benebelte sich mit großen Mengen Grog und Aspirin. Wenn ihn später jemand auf die Untersuchung ansprach, brummte er nur:

»Welche Untersuchung?« und zwar in einem Ton, daß es jedem verging, weiterzufragen.

Der Mann besuchte ihn ein- bis zweimal in der Woche und hielt ihn über die Hoffnungen des Anwalts auf dem laufenden.

Zum Freispruch reichte es nicht ganz: ein Jahr mit Bewährung.

Und von dem Mann hat Maigret dann auch noch Schachspielen gelernt.

Nieul-sur-Mer, 1939

Guillaume Apollinaire

Der Matrose von Amsterdam

Aus dem Französischen von
Hans Thill

Die *Alkmaar,* eine holländische Brigg, kam von Java zurück, beladen mit Gewürzen und anderen kostbaren Dingen.

Sie machte in Southampton eine Zwischenlandung, und die Matrosen bekamen die Erlaubnis, an Land zu gehen.

Einer von ihnen, Hendrijk Wersteeg, trug einen Affen auf der rechten Schulter, einen Papagei auf der linken und in der Umhängetasche einen Ballen indischer Stoffe, den er, wie die beiden Tiere, in der Stadt verkaufen wollte.

Es war Anfang Frühjahr, und es wurde noch früh Abend. Hendrijk Wersteeg ging mit großen Schritten durch die ein wenig nebligen Straßen, die das Gaslicht nur dürftig beleuchtete. Der Matrose dachte an seine baldige Rückkehr nach Amsterdam, an seine Mutter, die er nun schon drei Jahre nicht mehr gesehen hatte, und an seine Braut, die ihn in Monikendam erwartete. Er überschlug, wieviel Geld für die Tiere und die Stoffe zu bekommen war, und suchte nach einem Laden, dem er seine exotischen Waren verkaufen konnte.

In der Above Bar Street kam ein sehr korrekt gekleideter Herr auf ihn zu und fragte, ob er einen Käufer für seinen Papagei suchte.

»Dieser Vogel«, sagte er, »wäre genau mein Fall. Ich benötige jemanden, der mit mir spricht, ohne daß ich ihm antworten muß, ich lebe nämlich ganz allein.«

Wie die meisten holländischen Matrosen sprach Hendrijk Wersteeg englisch. Er forderte seinen Preis und wurde mit dem Unbekannten einig.

»Folgen Sie mir«, sagte dieser. »Ich wohne ziemlich weit draußen. Ich habe einen Käfig zu Hause, da können Sie den Papagei selbst hineinsetzen. Sie können dort auch Ihre Stoffe ausrollen, vielleicht finde ich einen, der mir gefällt.«

Ganz glücklich über den Batzen Geld, der ihm winkte, ging Hendrijk Wersteeg mit dem Gentleman fort und sang ihm dabei ein Loblied auf seinen Affen, in der Hoffnung, ihm diesen auch noch verkaufen zu können. Er sei, sagte er, von einer ganz seltenen Rasse, gehöre zu den Affen, die sich am besten an das englische Klima anpassen und auch am anhänglichsten sind.

Doch bald hörte Hendrijk Wersteeg auf zu reden. Er verschwendete seine Worte für rein gar nichts, denn der Unbekannte gab ihm keine Antwort, er schien ihn nicht einmal anzuhören.

Schweigend gingen sie nebeneinander her. Nur die beiden Tiere waren unruhig, aus Sehnsucht nach ihren heimatlichen Wäldern in den Tropen. Manchmal stieß der Affe, vom Nebel erschreckt, einen dünnen Schrei aus, der dem Quäken eines neugeborenen Kindes ähnelte, und der Papagei schlug mit den Flügeln.

Nachdem sie eine Stunde gegangen waren, sagte der Fremde brüsk: »Wir sind gleich da.«

Sie waren aus der Stadt herausgekommen. Große, mit Gittern umzäunte Parks säumten die Straße, von Zeit zu Zeit blinkten die erleuchteten Fenster eines Landhauses durch die Bäume, und man hörte manchmal in der Ferne den finsteren Schrei einer Sirene auf dem Meer.

Der Unbekannte blieb vor einem Gittertor stehen, zog einen Schlüsselbund aus der Tasche, öffnete das Tor und verschloß es wieder hinter Hendrijk.

Der Matrose war beeindruckt, hinten im Garten erkannte er nur vage eine kleine Villa, die recht vornehm aussah, offenbar waren die Läden geschlossen und ließen kein Licht nach außen dringen.

Dieser schweigsame Fremde, sein Haus ohne Leben, all das war ziemlich düster. Doch dann erinnerte sich Hendrijk, daß der Unbekannte allein wohnte:

»Er ist ein Original«, dachte er, und weil ein holländischer Matrose nicht so reich ist, daß man ihn aus der Stadt lockt, um ihn auszurauben, schämte er sich für seine ängstlichen Anwandlungen.

* * *

»Wenn Sie Streichhölzer haben, zünden Sie mir eines an«, sagte der Unbekannte und steckte einen Schlüssel in das Türschloß des Landhauses.

Der Matrose gehorchte, und als sie im Innern des Hauses waren, brachte der Unbekannte eine Lampe, die bald einen geschmackvoll möblierten Salon erleuchtete.

Hendrijk Wersteeg war nun völlig beruhigt. Schon nährte er die Hoffnung, daß ihm sein merkwürdiger Begleiter einen guten Teil der Stoffe abkaufen würde.

Der Unbekannte war aus dem Salon gegangen und kam mit einem Käfig zurück.

»Setzen Sie den Papagei da hinein«, sagte er, »ich werde ihn erst auf eine Stange setzen, wenn er zahm ist und sagen kann, was ich von ihm hören will.«

Nachdem er den Käfig geschlossen hatte, in dem der Vogel aufgeregt umherflatterte, bat er den Matrosen, die Lampe zu nehmen und in das Zimmer nebenan zu gehen, wo sich, wie er sagte, ein Tisch befand, auf dem er bequem seine Stoffe ausbreiten konnte.

Hendrijk Wersteeg gehorchte und ging in das Zimmer, das ihm angewiesen worden war. Gleich darauf hörte er, wie die Tür hinter ihm ins Schloß fiel, der Schlüssel wurde umgedreht. Er war gefangen.

Verblüfft stellte er die Lampe auf den Tisch und wollte sich gegen die Tür werfen, um sie aufzubrechen. Doch eine Stimme hielt ihn davon ab:

»Einen Schritt weiter, und Sie sind tot, Matrose!«

Hendrijk hob den Kopf und sah, daß durch eine Luke, die er jetzt erst entdeckte, der Lauf eines Revolvers auf ihn gerichtet war. Erschreckt blieb er stehen.

Da gab es nichts zu kämpfen, sein Messer konnte ihm unter solchen Umständen nicht helfen; sogar ein Revolver wäre nutzlos gewesen. Er war dem Unbekannten völlig ausgeliefert, denn diesen schützte eine Wand, er stand neben der Luke, durch die er den Matrosen überwachte, und sie war so klein, daß nur die Hand mit dem Revolver hindurchpaßte.

»Hören Sie mir gut zu«, sagte der Unbekannte, »und gehorchen Sie. Sie werden mir einen Dienst erweisen müssen, und ich werde Sie reichlich belohnen. Es bleibt Ihnen aber keine andere Wahl. Sie müssen mir nur ohne

Zögern gehorchen, sonst töte ich Sie wie einen Hund. Öffnen Sie das Schubfach in diesem Tisch ... Da liegt ein sechsschüssiger Revolver, der mit fünf Kugeln geladen ist... Nehmen Sie ihn.«

Der holländische Matrose gehorchte beinahe unbewußt. Der Affe auf seiner Schulter stieß Schreckensschreie aus und zitterte. Der Unbekannte fuhr fort:

»Hinten im Zimmer ist ein Vorhang. Ziehen Sie ihn auf.«

Hendrijk zog den Vorhang auf und sah einen Alkoven, darin lag eine Frau auf einem Bett, sie war geknebelt, an Händen und Füßen gefesselt und sah ihn mit verzweifelten Augen an.

»Nehmen Sie dieser Frau die Fesseln ab«, sagte der Unbekannte, »und befreien Sie sie von ihrem Knebel.«

Der Befehl wurde ausgeführt, und die Frau, sie war noch sehr jung und von einer bewundernswerten Schönheit, warf sich neben der Luke auf die Knie und rief aus:

»Harry, das ist ein gemeiner Hinterhalt! Sie haben mich in diese Villa gelockt, um mich zu ermorden. Angeblich haben Sie diese Villa gemietet, damit wir hier nach unserer Versöhnung eine Weile wohnen könnten. Ich dachte, ich hätte Sie überzeugt. Ich glaubte, Sie wären endlich sicher, daß ich mir noch nie etwas zuschulden kommen ließ! . . . Harry! Harry! Ich bin unschuldig!«

»Das glaube ich Ihnen nicht«, sagte der Unbekannte trocken.

»Harry, ich bin unschuldig!« wiederholte die junge Dame mit erstickter Stimme.

»Das sind Ihre letzten Worte, ich werde sie mir gut merken. Man wird sie mir mein ganzes Leben vorsprechen.« Die Stimme des Unbekannten zitterte ein wenig, doch wurde sie sofort wieder fest: »Denn ich liebe Sie noch immer«, fügte er hinzu. »Wenn ich Sie nicht so sehr liebte, würde ich Sie selbst töten. Doch das könnte ich nicht, weil ich Sie liebe . . .«

»Nun zu Ihnen, Matrose. Ich zähle jetzt auf zehn, wenn Sie bis dahin nicht eine Kugel in den Kopf dieser Frau gejagt haben, fallen Sie tot zu ihren Füßen nieder. Eins, zwei, drei . . .«

Bevor noch der Unbekannte bis vier zählen konnte, schoß Hendrijk, verrückt vor

Angst, auf die Frau, die ihn, immer noch kniend, fest ansah. Sie fiel mit dem Gesicht zu Boden. Die Kugel hatte ihre Stirn getroffen. Sofort kam ein Schuß aus der Luke und traf den Matrosen an der rechten Schläfe. Er brach über dem Tisch zusammen, während der Affe, spitze Schreie ausstoßend, sich in seiner Matrosenbluse versteckte.

* * *

Am nächsten Morgen benachrichtigten Passanten die Polizei, sie hatten merkwürdige Schreie aus einem Landhaus in der Nähe von Southampton gehört. Bald darauf kam die Polizei und brach die Tür auf.

Man fand die Leichen der jungen Dame und des Matrosen.

Der Affe kam plötzlich aus der Bluse seines Herrn und sprang einem Polizisten ins Gesicht. Er jagte allen einen solchen Schrekken ein, daß sie ein paar Schritte zurückwichen, ihn mit Revolverschüssen niederstreckten und sich erst dann wieder den Leichen zu nähern wagten.

Die Justiz gab eine Meldung heraus. Es schien offensichtlich, daß der Matrose zuerst die Dame getötet hatte und dann Selbstmord beging. Dennoch schienen die Umstände des Dramas mysteriös. Die beiden Leichen konnten zwar ohne Schwierigkeiten identifiziert werden, aber man fragte sich, wie es kam, daß Lady Finngal, die Frau eines englischen Grafen, sich in einem abgelegenen Landhaus allein mit einem Matrosen aufhielt, der erst an jenem Abend nach Southampton gekommen war.

Der Eigentümer der Villa konnte keinen Hinweis geben, der zur Aufklärung beigetragen hätte. Ein Mann namens Collins hatte das Landhaus acht Tage vor dem Drama gemietet, er blieb übrigens unauffindbar. Dieser Collins trug eine Brille und hatte einen langen, roten Bart, der auch falsch gewesen sein konnte.

Der Lord kam aus London herbeigeeilt. Er liebte seine Frau über alles und zeigte nur wenig von seinem Schmerz. Wie alle anderen konnte auch er die ganze Sache nicht begreifen.

Seit diesem Vorfall hat er sich von der Welt zurückgezogen. Er lebt in seinem Heim in Kensington in der Gesellschaft eines stummen Dieners und eines Papageis, der immerzu sagt:

»Harry, ich bin unschuldig!«

Gabriel García Márquez
Von der Liebe und anderen Dämonen
Roman

Titel der Originalausgabe: *Del amor y otros demonios*
Aus dem Spanischen von Dagmar Ploetz
Leinen

In diesem zauberhaften Roman, der in einer kunstvoll bilderreichen Sprache geschrieben ist, erzählt Gabriel García Márquez die Geschichte von Sierva María, der Tochter des Marqués de Casalduero in Cartagena, eine Geschichte über irdische, himmlische und geistige Leidenschaften.

Kiepenheuer & Witsch

Gabriel García Márquez
Die Erzählungen

Titel der Originalausgabe: *Ojos de perro azul / Los funerales de la Mamá Grande / La increíble y triste historia de la Cándida Eréndira y de su abuela desalmada*
Aus dem kolumbianischen Spanisch
von Curt Meyer-Clason

KiWi 222

»Márquez ist ein grandioser Fabulierer, bei ihm schmälert das literarische Niveau in keiner Weise die Leselust.«

Walter Haubrich, FAZ

»Berstend voll von Geschichten und Legenden, Realismus und Mythos miteinander verflechtend, ein illusionsloser Schilderer der Menschennatur, aber zu ironisch, um ein Misanthrop zu sein, hat Márquez das seltene Kunststück fertiggebracht, die Achtung der Literaten und gleichzeitig die Liebe seiner weltweiten Leserschaft zu gewinnen.«

Die Zeit

KiWi Paperbackreihe bei Kiepenheuer & Witsch

Gabriel García Márquez
Chronik eines angekündigten Todes
Roman

Titel der Originalausgabe: *Crónica de una muerte anunciada*
Aus dem Spanischen von Curt Meyer-Clason
KiWi 39

Ein Dorf an der kolumbianischen Karibikküste feiert ein rauschendes Hochzeitsfest, doch noch in der Hochzeitsnacht wird die Braut ins Elternhaus zurückgeschickt; sie war nicht mehr unberührt. Der mutmaßliche »Täter« muß sterben.

»Der geradlinige Verlauf verleiht dem Roman einen derartigen *drive*, daß kein Umstand, kein Wort überflüssig wirkt. Jedes Detail steht mit einer solchen Notwendigkeit an seinem Platz, daß ich nur ein Wort finde, diesen Roman zu kennzeichnen: ›klassisch‹ – die *Chronik eines angekündigten Todes* erscheint mir eine klassische Erzählung der Weltliteratur, in der Kategorie etwa von Kleists *Michael Kohlhaas*, Kafkas *Verwandlung* oder Hemingways *Der alte Mann und das Meer.*« *Dieter E. Zimmer, Die Zeit*

KiWi-Paperbackreihe bei Kiepenheuer & Witsch

Gabriel García Márquez
Der Geruch der Guayave

Gespräche mit Plinio Apuleyo Mendoza

Titel der Originalausgabe: *El olor de la guayaba. Conversaciones con Plinio Apuleyo Mendoza*
Aus dem Spanischen von Tom Koenigs

KiWi 304

Die Gespräche zwischen Gabriel García Márquez und seinem Jugendfreund, dem kolumbianischen Schriftsteller Plinio Apuleyo Mendoza sind ein bewegendes und authentisches Dokument über Leben und Werk des Nobelpreisträgers.

»Eine Fundgrube für García Márquez-Leser.«
Kölner Stadtanzeiger

KiWi Paperbackreihe bei Kiepenheuer & Witsch

Gabriel García Márquez
Augen eines blauen Hundes
Frühe Erzählungen

Titel der Originalausgabe: *Ojos de perro azul.*
Aus dem Spanischen und mit einem Nachwort von
Curt Meyer-Clason

KiWi 26

Diese ersten jugendlich-schwermütigen Erzählungen sind bereits bestechend in ihren Bildern, faszinierend in Sprache und Stil. In einer phantastischen Wirklichkeit angesiedelt, erzählen sie von Tod und Gewalt.

KiWi Paperbackreihe bei Kiepenheuer & Witsch

Gabriel García Márquez
Der Oberst hat niemand, der ihm schreibt
Roman

Titel der Originalausgabe: *El coronel no tiene quien le escriba*
Aus dem Spanischen und mit einem Nachwort von
Curt Meyer-Clason

KiWi 23

»Die Geschichte vom Oberst, der sein Leben damit verbringt, auf seine Pension und einen Brief zu warten, der niemals ankommt, das ist die Geschichte vom Menschen in seiner Einsamkeit, wie er überall lebt, nicht nur in dem verrotteten Tropendorf Kolumbiens. Und der Kampfhahn des Obersts, an den er sich klammert, um den Glauben an sich und an die Zukunft nicht zu verlieren, ist Symbol jenes Prinzips und Fetzens Hoffnung, das nicht nur in Lateinamerika die Fähigkeit zum Überleben verleiht. Das ist, in der Tat, Weltliteratur.« *Südfunk, Stutgart*

KiWi Paperbackreihe bei Kiepenheuer & Witsch